박용주

61년 공주 출생. <시를사랑하는사람들>로 등단2003년. 시집 『별들은 모두 떠났다』, 『가브리엘의 오보에』, 『마을로』, 『2021 시니피앙』, 『수 촌리 언덕』과 에세이 『위고를 위하여, 에스프리를 위하여』공저, 『달리 기는 운동이 아닙니다』, 『뜨거운 배움, 함께한 여정』공저이 있으며, 번 역서 『빅토르 위고』공역, 『잃어버린 나를 찾아서』, 『샹송 꼬레엔느』, 『혁명, 마을 선언』과 박사 논문 「프랑스 우선교육정책」, 학습서 『리듬 테마로 배우는 프랑스어』 등이 있고, 『공주 근현대 문학사』공저를 편 찬함. 삶의문학상2022년과 공주문학상2023년을 수상함. 공주문인협 회, 고마문학회, 충남작가회의, 풀꽃시문학회, 세종시마루 회원. 현재 수촌리 '해밝은작은도서관'을 운영하며 작품 활동 중임. 공주대 불어 교육과와 고려대학교 대학원 불어불문과 졸업.

• e-mail: gomnaru123@naver.com.

박용주 다섯 번째 시집

수촌리 언덕

수촌리 언덕

지은이	박용주
초판발행일	2024년 7월 20일

펴낸이	배용하
책임편집	배용하
편집부	윤찬란 최지우 박민서
등록	제2021-000004호
펴낸곳	도서출판 비공
	https://bigong.org | 페이스북:평화책마을비공
등록한곳	충남 논산시 매죽헌로 1176번길 8-54
편집부	전화 041-742-1424 전송 0303-0959-1424
분류	시
ISBN	979-11-93272-10-7 13810

이 책은 충청남도, 문화관광재단의 후원으로 발간되었습니다.

값 12,000원

차례

I. 노을 언덕

II. 온고溫故의 언덕

III. 관능의 언덕

Ⅳ. 비빌 언덕

I. 노을 언덕

가리라

붉은 노을 잦아들면 가야 하리니

울지 마오, 나의 사랑아

고운 무덤엔 붉은 옥반절 남겨두고

조미걸춰*, 내 이름은 하늘에다 새기고

가야 하리니, 어두운 밤이 오면

용머리** 너머 무성한 별빛 따라

그대 곁을 떠나 가리니

밤 깊을수록 내 영혼 더욱 맑고 밝아

가는 길 두렵지 않으리니

금동관모에 금동 신발, 환두대도 두르고

금빛으로 가리니, 꿋꿋이 보내주오

문주, 장무, 여래***

드높은 이름들 외며 가리라

한낮의 시련도 환희도 모두 잊고

붉은 노을 잦아들면 가리라

정안천 건너 무성산 너머 별의 궁전으로

가야 하리니, 언젠가 그대를 다시 보리니

여기는 기껏 백 년 거기는 천년 만 년

울지 마오, 나의 사랑 나의 여인아.

* 祖彌桀取. 문주왕의 웅진 천도를 도운 금동관모 주인이었으리
** 수촌리 소재 구릉. 당시 치소(治所)로 추정
*** 한성백제 왕족의 이름들

내리꽂는

오래전 마을을 다녀간 왕자를 생각하는 밤

밤이면 언덕에 올라 별을 바라보았을 왕자

금동관모와 금동 신발 고이 두고 별로 돌아간 왕자

더듬더듬 왕자의 별을 찾는 밤

별에 핀 장미를 양이 먹어 치우진 않았는지

추운 밤에 유리관은 씌워주었는지

5억 개의 별들이 은방울 소리 울리며 행진하는 밤

"장미가 소중한 건, 장미를 위해 보낸 시간 때문이야"

설핏 잠들었다 일어나면 별로 돌아간 왕자의 말이

별똥처럼 언덕 위로 내리꽂는 밤.

그리고

노을을 사랑했다지

누군가 그리울 땐 언덕에 올라

노을을 본 거야

조그만 의자에 앉아 노을을 보면

그 노을이 틀림없어

누구나 왕자가 되어 생각에 잠기지

그래도 너무 오래 앉아 있지는 말아야지

슬퍼지거든, 눈물도 나고 그래

노을을 보다 보면 밤이 오고

하늘에는 그의 별이 유난히 반짝이지

장미의 손을 잡고 까르르 웃고 있는 왕자

언덕에 올라 노을을 바라보면

절연絶緣되지 않는 사랑…

사랑이야, 사랑이었던 거야

그걸 잊는다는 건 슬픈 일이지

누군가 그리울 땐 언덕에 올라

노을을 보는 거야, 노을에 젖는 거지

그리고 밤이 오면, 사랑하는 거지.

그윽이

밤은 한낮을 견디는 힘이다

밤은 몽상이 있고 망각이 있고

그리고 애무가 있다

밤은 사랑 말고 관심이 없다

새벽이 오든 말든, 한낮이 오든 말든

그런 건 모두 신神이 알아서 할 일이다

헝클어진 머리칼, 아무 데나 벗어놓은 속곳들

밤은 새벽에도 힘이 있다

불타는 사랑을 하고도 해 뜨면 불끈 일어나

꼿꼿이 일하러 가는 건 순전히

밤이 있는 까닭이니

헬리오스*도 바보가 되는 밤

한낮은 시련이어서

해가 져야 비로소 산허리에 호롱불 켜고

외로운 고분古墳 위로 그윽이 내려오느니.

*태양의 신

까무룩

노을 붉고 당신 얼굴은 말긋말긋

밤과 낮의 전투 모두 끝내고

사랑이 기다리는 곳까지

대롱옥은 갑옷 안에 고이 품고

사랑이여, 말달리는 소리 들리오?

안을 품 있어, 안길 품 있어

전사戰士는 슬프지 않고 두렵지 않으니

수촌리를 향하여, 그대 곁으로

사랑이여, 드날리는 말갈기 보이오?

내일은 들끓는 태양 아래 또다시

사나운 길 달릴지라도

오늘 밤은 홍옥紅玉 부절*

기어이 맞추리니

애마는 동구밖에 매어두고 훠이훠이 걸어

초롱불 아롱거리는 밤

사랑이여, 그대 이름 절절히 부르며

오늘 밤 이 몸은 장수 아니란 말이오

오직 그대의 사내, 그대 사람이니

기다리오, 천 리 길 휘달려 가는 중이니

오늘 밤은 오디세우스, 그대에게

까무룩 취하리니.

* 고분 II 지점 4호(남)와 5호(여) 출토

끼낏하게

간밤에는 승냥이도 눈물지며 다녀갔어요

이 아침 고실고실한 쌀밥에다

좋아하시는 토란국 끓여 상에 올리니

정안천 건너 무성산 넘어 끼낏하게 가셔요

수촌리 호수 위 어여쁜 동박새 날으리니

노을 져도 도솔천에 어둔 밤은 오지 않아요

가시는 길 옥 반절일랑 내려놓지 마셔요

한성은 아득하고 눈물은 앞을 가리는데

우리 웅진성 광휘만을 기억하기로 해요

미륵은 어드메쯤 오시는지, 이 눈물은 무엇인가요

즈믄 해 지나면 우린 다시 초야일 테요

그날밤 다시 맞절하고 옷고름 올올이 풀려니

거친 길 씩씩하게 달려오신 님

끼낏하게 가시옵소서

나의 사랑, 나의 전사, 나의 왕자님.*

* 수촌리 환두대도 주인공은 필시 웅진 천도의 일등 공신이었으리

무얼 더*

가을 끄트머리 서릿바람 불어요

퉁퉁 살진 몸 바짝 말릴 시간이에요

낮이 가면 밤 오고

밤 오면 성성한 별들 바투 다가와

골다공 구멍마다 들어와 앉으면

나는 빛나는 백치가 되죠

어쭙잖은 신념은 원하지 않아요

주방 창가 한 줌 볕이면 그만이지요

식탁 축제 끝나면 비로소 내 시간

눈이 예쁜 여인 손에 붙들려 달그락 달그락

탈방대는 그릇들을 울며불며 애무하지요

눈물은 언제나 내 영혼의 꽃무늬

상처를 모르는 이가 시인인가요

닳아버린 삭신 만일 내일 버려진다면

"잘 가, 너를 너무 좋아했어"

아프로디테의 슬픈 목소리 하나 챙겨

기꺼이 떠나면 그만이에요

무얼 더 바라겠어요, 수세미가.

* 심어 가꾼 수세미로 설거지하는 천연의 느낌이란...

바쁜감

사랑한 이들 있었으니

난리 통에도 기근의 날도

웅진이 우뚝 선 날도

백제의 끝날에도

사랑한 이들 있었으니

왕이든 왕자든

사랑, 단어를 배운 적 없는 이들

아모르 파티, 운명이었으리

녹슬지 않는 홍옥 부절 남기고

별로 돌아간 사람들

오직 사랑이었으니, 사랑이니

온통 사랑하는 봄

"바쁜 감? 사랑할 새도 없남?"

수촌리 호수 청둥오리도 한 마디

수촌리 고분도 고분고분 한 마디.

부디

이 비 그치면 떠나야 해요

오늘 밤 지나 내일 아침 저는 여기 없어요

울지 말아요, 눈에 보이는 건 모두 껍질이랍니다

노을 언덕 넘어 정지산에 사나흘 머물러

사마산 향해 합장이나 하고 도솔천에 갔다가

태양 가득한 날 뭉게구름으로나 놀러 올까요

사월 빈자리엔 연초록 아낙들 몰려올까요

오월 빈자리엔 도시의 장미들

한꺼번에 달려올까요

저기 언덕에서 호수까지 천천히 걸으며

그래도 제 생각 조금은 하실까요

하얀 드레스는 침대 곁에 두고 가리니

오월 오면 그마저 잊으시려나

내년 사월 수촌리 언덕에 옥반절로 돌아오면

알아는 보시려나, 기억은 하시려나...

상관 없어요, 사월 내내 이름을 불러주셨으니

아무려면 어때요, 사랑 말고는 모두 껍질이랍니다

"수촌리 언덕에 목련꽃 필 적에 모든 슬픔이 사라진다"

사월 첫날 불러주신 노래 한 소절 되뇌며 갈게요

즈믄해를 기다리고 딱 보름 사랑했네요

이 비 그치면 저는 떠나고

이제는 왕자님, 당신이 눈부실 차례이니

하얀 목련, 부디, 이름이나 잊지 마셔요.

살고지고

님은 갔습니다. 사랑하는 님은 갔습니다

산비둘기 울음소리 들으며 님은 갔습니다

붉은 보리똥 한 소쿠리 남겨놓고

노을강 건너 님은 갔습니다

만날 때에 떠날 것을 염려한 까닭일까요

날카로운 톱에 잘려 님이 떠나던 지난 가을

길마다 황금 주단 놓으며 울던 은행나무들

그날 밤 나는 밤새 몸살을 하였습니다만

모두가 지난 일이 되었습니다

잃어버린 시간 찾아 허적일 수만은 없습니다

눈 녹기도 전 봄이 오듯

상처 아물기도 전 사랑은 찾아오고

하얀 그루터기에 연푸른 새순으로 부활한

눈 시린 님이여

숱한 난리 다 치르고 삶의 끝자락에서도

설워 않고 사랑한 님이여

님은 갔지만은 나는 님을 보내지 아니하였습니다

첫 키스의 추억을 기루며 나는 오늘도

설워만 말고 다시 사랑해야 하리니

허리를 부러뜨린들 정신까지 자를 수야,

불꽃처럼 살고지고 푸른 청동검으로 다시 태어난

마한의 전사처럼

님은 갔지만은 언젠가는 예 다시 태어나

다시 사랑하고 다시 살고지고, 님이여.*

* 고분군 언덕의 수십 년 된 보리수나무가 사라진 날 "님의 침묵'을 빌어

아니면

사랑한 날은 밤에도 태양이 떠오르고

미워한 날은 한낮에도 캄캄하다

아는 것이 힘이던 날은 지나고

모르는 게 부끄럽던 시절도 지나고

천 오백 년, 마한 지나 웅진백제 넘어

사랑만이 금동처럼 남았다

내가 만일 더 많이 알았더라면

바람 찬 날들을 다 이겨냈을까

내가 만일 더 영리하였더라면

사철 밤낮 예순네 번을 무사히 헤쳐 왔을까

증오 없는 사랑, 사랑 없는 증오 있을까

아침마다 내 집 앞에 똥을 누고 가는

옆집 똥개에게 돌을 던지던 날 밤

가로등은 하나씩 꺼지고

내가 우주의 중심이라 억지 쓰던 시절

별들은 하나씩 사라졌으니

사타구니와 겨드랑이, 겨우 그 잔털로

그 추위, 그 더위 견딜 수 있으랴

영혼을 뒤흔드는 건 옥반절 하나

천년 고분 열고 나온 대롱옥 부절

사라지는 건 뭐고 남을 건 무엇인가

용문양 환두대도가 여전히 푸른 서슬로 남은들

그게 다 뭐란 말인가, 까마득한 날

그날을 소환하는 이 사랑 아니면.

아예

해 지면 언제나 그림을 그리는 이

수촌리 언덕 위 외로운 화가

머리는 산발한 보헤미안

이토록 자유로운 영혼 본 일이 없다

소문은 무성하고 이름도 분분하고

가족도 사는 곳 일정치 않아

언제 떠날지 아무도 모르는 이

노을진 시간이면 틀림없이 언덕 위에

캔버스를 펴고 그림을 그리는 이

"낮에도 그림을 그리시나요"…

답을 듣기는 오늘도 틀린 일

해 지고 화가의 붓질이 시작되면

마침내 굉장한 축제, 눈 깜짝할 사이

하늘은 번쩍이고 거침없는 붓놀림*

화가는 순식간에 붉은 휘장을 연다

"오늘도 별들이 행진을 하나요?

도르레의 노랫소리 들을 수 있을까요?"

이슥한 밤 기다리는 수촌리 언덕

질문을 퍼붓느라 집에 갈 생각들 아예 없구나.

*청양 '빛섬아트갤러리' 김인중 화백의 언어를 빌림

올올히

앙상한 날은 앙상하게

올올히 걸어서 가자

뜨거웠던 여름 아련하고

가을 가고 겨울 오고

시나브로 하얀 길 가다 보면

봄은 또 오려니

빛나는 오월도 다시 오려니

지금은 겨울로 가는 길

올올히 가자

고즈넉한 언덕을 넘는 억새처럼

앙상한 날은 앙상하게

올올히 걸어서 가자.

순한

밤이 오고

고분들이 둥지를 틀었다

춥지 않니?

응, 괜찮아, 너는?

괜찮아

잘 자

그래, 너도.

조붓이 누워 도란도란

순한 가을밤이다.

II. 온고溫故의 언덕

굉장한

사람이 온다는 건 굉장한 일이다*

한성에서 서해로, 서해에서 금강으로

금강에서 정안천으로

달솔이었을까 은솔이었을까

수촌리에 오던 날 강물은 넘실거리고

햇살이 소렌토로 쏟아지던 날

굉장한 이들 굉장한 것들 싣고

환대의 큰북소리 들으며 뱃머리 댔을 터

금관 쓰고 환두대도 들고 용머리 어디메쯤

손님 맞던 왕자도 아침부터 굉장했을 게다**

사람이 온다는 건 언제나 굉장한 일이거늘.

* 정현종의 시 '방문객'에서 빌림
** 한성백제가 금강 수로 통해 수촌리 목씨 세력과 교류했다는 학설을 빌어

그날도

그랬을 것이다

붉은 볏을 흔들며 어라하를 부르며

천태산 서쪽으로 뻗은 능선이 멎는 곳

다시 율정산성 남서쪽으로 내려와

청룡천과 정안천을 지나 금강으로,

목씨였을까, 백씨였을까

이른 새벽 붉은 볏을 흔들며

연미산을 향하여, 정지산을 향하여

홰를 치며 우는 수탉의 울음소리

수촌리 언덕 아래, 빛을 부르는 소리

문주가 한성을 뜨던 날

그날도 오늘처럼 어라하를 맞으며

오늘처럼 홰를 치며

꺼억꺼억 울었을 것이다.

그냥

주물럭 주물럭 흙 이겨 만든 것에게

눈길 한 번 준 사랑 있었나

몸에 유약 한번 바른 적 없이

뒤란에 숨어 살아 외로움 덕지덕지

한겨울 모진 골바람에 얼마나 뼈가 시리었던지

내 안에는 고등어 두어 손 썩어 문드러져 있고

달 뜬 밤이면 숨바꼭질하는 아이들 발 채에 치어

나뒹굴며 깨어진 주둥이 앙물며 견뎠으니

어느 날 밤이었던가

"서툰 것이 오히려 뛰어나며 못난 것이

사랑을 품는 법이니"

안방에서 나오는 왕자님 목소리 들었네

노자였을까, 장자였을까

그날 나는 번쩍, 나를 보았어

썩은 생선, 거친 채소, 험한 뒷소리까지

안 가리고 품어온 덧띠항아리*를 보았네

그리고 문득 내가, 내 이름이 좋아졌어

"금이 아니어서 얼마나 다행이냐"

그날 난 내 안의 내 소리 들으며

뒷곁 감나무에 기대어 울었네

서러워서는 아니고 그냥 소슬바람 때문이었지.

* 주둥이에 띠를 말아 붙인 민무늬 토기

나르샤*

"해동 육룡六龍이 나르샤 일마다 천복이시니"

세종은 선왕의 위업을 잘 아셨지

문주왕의 백마가 한성을 떠나

고마나루 보이는 차령고개 넘으며

갈기 갈기 드날리던 날

천태산 자락 수촌리 호수* 위로 육룡 나르샤,

세종은 이르셨으리

"어마어마한 날이었지, 웅진에 오신 475년 말이야"

세종은 또 이르셨으리

"나르샤, 문주대왕, 노피곰 나르샤

국國은 태泰하고 민民은 안安 하리니"

세종은 오늘도 이르시네

"수촌리 호수 위로 태양은 가득하고

요룡, 오룡, 와룡, 용암, 용현**

무령대왕 향하여 육룡이 나르샤, 노피곰 나르샤".

* 요룡 저수지
** 의당면 지명들

말이야

-전나무 혹은 백가柏家*

촐랑거린 적 없어, 나댄 적도 없지

올여름 물난리에도 꿈쩍도 하지 않았지

겨울인데 춥냐고?

견딜 만해, 잔솔들 생각도 해야지

이제 곧 해도 뜰 테니

호들갑 떨지 말고 잠자코들 있어

처자들이 날 왜 좋아하는지 아나?

흔들리지 않는다는 거야

내 허벅지 좀 봐

시도 때도 없이 가랑이 불끈불끈

작년에들 봤잖아

폭설에도 끄떡없이 서 있었어

사내란 모름지기 그래야지

몇 해 전 진눈깨비 동네를 뒤덮었을 때

졸참나무, 단풍나무, 잔챙이들

내가 반란을 일으켰다고 동네방네

조잘대고 다녔다지, 찌질한 것들 같으니

혁명은 말이야, 일으키는 게 아니야

일어나는 거지

태양을 봐, 때가 되면 저절로 떠오르잖아.

* 고분군 전나무 군(群). '수촌리 백가(苩家)의 '혁명설'을 생각함

무에

수촌리 언덕에 해 뜨면 언제나

당신은 금빛으로 내게 다가와

도리없이 나는 당신 사람이 되어요

수촌리 언덕에 노을 지면 언제나

당신은 보랏빛으로 내게 다가와

머그름나루* 오동꽃처럼

어화둥둥 나는 당신 사랑이 되어요

돌아보면 아스라이 먼 당신

언덕에 올라 가만히 손 흔들면

이제는 득달같이 달려올 것 같아

오늘도 푸른 언덕에 올라

불러보는 이름 사마**여

오늘 밤 수촌리 언덕 위에 달 뜨거든

대롱옥 주 술기운을 핑계로

드디어 드넓은 당신 품에 안겨

웅진성 오디세이 밤새 듣고픈데

그리할 수만 있다면

사마여, 무에 두려울까요

세상에 두려울 게 있을라고요.

* 사마산 아래의 금강 나루
** 수촌리언덕에서 보이는 우성면 사마산

본디

– 흑유닭모양단지*

제 이름 흑유닭모양단지, 천 리 물길 따라

왕자님이 불러서 왔어요

본디 저도 지체 높은 이방인이어요

하현달 허연 섣달그믐

껴묻거리로 들어가던 날 울지는 않았어요

용이 나르는 금동관모와 환두대도 곁에서

천오백 년 잘 잤어요

어둠 견디면 끝내 새날은 오고

태양 가득한 봄날 세상에 이렇게 나온걸요

빛나는 건 사라지지 않아요

지어주신 이름 어찌 그리 아름다운지

돌아간다는 말은 언젠가 다시 산다는 말

비싼 몸이 싼 몸 되고 싼 몸이 비싼 몸 된다고…

중국 남조에서 온 저를 두고 이르는 말이지요

오늘밤은 향기로운 술을 부어보셔요

합환주로, 불로주로 딱 이에요

대궐을 지어드릴 순 없으나 오늘 밤

사랑을 드리겠어요

어즈버, 먹고 마시고 사랑하는 일

천 년 전이나 지금이나 똑같잖아요

수촌리 언덕 위 노을 강에 배 띄우고

웅혼한 웅진성 바라보며

향기로운 술 가득 부어보아요

오늘 하루쯤 나르시스트가 되면 어때요

정들면 어디나 고향이니, 왕자님

설운 시절 까맣게 잊고

오늘 밤 실컷 취해 밤새 사랑하시어요

율정산성 위로 달이 뜨고 있잖아요.

* 닭 머리 모양 주둥이가 있는 주전자 모양의 자기. 중국 남조(南朝) 작품

사분사분

왕자님, 용龍들의 회의가 있는 날이에요

즘슴 드시고 용머리*나 다녀오셔요

왕자님은 꼭 용상에 앉으셔요

청룡, 요룡, 와룡…용들이 득달같이 달려와

어전에 예를 갖추겠지요

눈을 들면 청룡천이 정안천으로 가고

회의 마치거든 웅진성 저잣거리도 둘러보고 오셔요

용머리에서 나룻배로 딱 십 리예요

벌써 칠월 열사흘, 날이 더우니 관모는 벗어놓고

가볍게 가뿐히 다녀오셔요

아랫사람들도 얼마나 편하겠어요

다녀오시는 동안 동네 고샅길에다

배롱나무꽃이나 활짝 피워둘게요

술은 조금만 들고 오셔요

오라는 길 하나도 외롭지 않으실 걸요

즘슴 드시고 사분사분 다녀오셔요.

* 고분군으로부터 2km 지점의 작은 구릉. 옛 치소(治所)로 추정

기꺼이

거친 숨 몰아쉬고 허리에 환두대도 차고

왕자의 길 갔으리

그날 정안천 우렁우렁했으리

"착한 노루가 숲을 지킬 순 없으니"

따뜻하게 데워놓은 말안장에 올라

"낭자, 다녀오리다, 몇 날만 기다려 주오.

오직 낭자만이 나의 사랑이오"

왕자는 대롱옥 반절 여자 손에 쥐어 주고

등자鐙子**에 두 발 힘차게 구르고는

말 채 휘둘러 차령고개 넘어 북으로 달렸으리

새벽길 달려, 왕의 길 갔으리

사랑했으므로 갔으리, 기꺼이 갔으리.

* 고분에서 출토된 철제 마구(발걸이). 발 딛는 부위가 다 닳아 끊어질 듯

아니니

한성의 횃불은 웅진으로,

꺼진 날 하루도 없었으니

무덤도 끝은 아니어서

천 년을 열고 나온 이름 어느 것도

껴묻거리 아니니

헤아릴 수 없는 역사의 뒤란에서

사쿠라 처럼 분분히 날리다가

바람처럼 흩어지는 이름들 아니니

세상에 못난 것이란 없으니

신神은 어느 이름도 버린 적 없으니

고분 열고 나온 이름들

어느 하나도 껴묻거리 아니니.

아른아른

상추, 오이, 가지, 쑥갖, 호박

항아리마다 씨앗을 담고

남은 하나 빈 곳에는 눈물을 담고

씨앗들이 봄을 기다리는 동안

황소바람 문풍지를 뚫는데 무에 급해

늠름한 님 정안천 건너 바람 따라 갔는지,

밤마다 항아리에 눈물 가득 차오를 제

설운 날 헤다 헤다 고운 님도 따라가고,

아롱곳* 하지 않고 떠난 님들 이름 부르며

여섯 항아리** 서로 부둥켜안고 지낸

덧널 집 천년의 밤

즈믄 해를 지나도 따라가지 못한 사랑

애달픈 달빛만 아른아른

수촌리의 밤은 깊어가고.

* '아랑곳'의 고어
** 육연호(六連壺). 고분 13호 출토

알리니

적敵이 쳐들어오던 날도 오늘처럼

은행잎이 쏟아졌을까

문주와 삼근, 동성까지 스러지고

무령대왕 등극할 때까지

마한이여, 백제여, 수촌리여

별들은 제 길로 운항을 계속했을까

쇠락은 은밀히 깃들고

서슬은 바스러진 역사 속으로,

정신도 녹이 스는 걸까

521년, 웅진성 횃불이 타오를 때까지

슬픈 안개 자욱한 날

광채의 나라를 본 이는 누구였을까

절벽에서 정신의 불을 켠 왕자는 누구였을까

용문양은상감고리자루큰칼*은

웅진성의 대도大刀였을까

고분 위로 은행잎은 쏟아지고

잔바람 불고 들판은 금물결 출렁이는데

미륵의 날이 오면 쌍용雙龍은 다시 날까

바람만이 알리니.

* 쌍용(雙龍)이 새겨진 대도(大刀)

어드러*

- 백가의 어느 겨울밤*

오늘 밤은 기어이 집에 가려오

눈은 나리고 어둠은 서둘러 오고

고독은 이다지도 독하거늘

서슬은 푸르러 무에 쓰겠소

애마愛馬야, 갈기 곱게 내리라

칼은 칼집에 넣고 집으로 가리니

처마 밑엔 호롱불 말똥거리고

두귀달린항아리에서

사근사근한 동치미 꺼내고 있을 사랑아

굽다리단지에 들기름 둘둘 둘러

묵은지 자글자글 지지고 있으리니

차령고개 넘어 정안천 건너

오늘 밤은 집으로 가려오

흐벅지게 눈은 내리고 달빛 어물거리는데

삭풍이 적장敵將처럼 문풍지를 뚫은들

내 가슴 깊이 팬 외로움 말고 무에 두려울까

따스운 밥 한 사발에 막걸리 두어 잔이면

무에 부러우리오

오늘 밤 내 사랑 품 말고 어드러* 가오

어찌 내일 혁명을 하리오

대롱옥 반절 갑옷 속에서 외로이 울고

함박눈은 저렇게 무너져 내리는데.

* '어디로'의 옛말.
** '고구려와 맞서 싸웠을' 수촌리 백가를 생각함

어디로

다들 어디로 간 걸까

금동관모 쓴 이 말고 두건 질끈 동여맨 이들

저녁상 물리기가 무섭게

드르렁 드르렁 코 곯던 사내들

금동신 신은 이 말고 삼지창과 도끼

낫과 끌과 말 재갈 든 이들

금귀걸이 한 이 말고

곧은입항아리와 굽다리접시 나르던 여자들

하늘에 잔별들은 저렇게 영롱한데

은상감고리자루큰칼 찬 이 말고

종일 써레질하고 꽁보리밥 먹고

방귀 뽕뽕 뀌던 수촌뜰 사내들은

짚신 한 짝도 남기지 않고,

밥 짓고 밭매며 줄줄이 애 낳아

밤낮 젖 물리던 여자들은

속곳 하나 고쟁이 하나 남기지 않고,

다들 어디로 간 걸까

홍옥 청옥 오색 구슬은 저토록 황홀한데

허랑虛浪한 사내들과 허랑한 아낙들

다들 어디로 간 걸까.

어드메쯤

눈 감으면 몽실몽실, 나의 님이여

어드메쯤 오시나요

날은 저물고 눈은 내리는데

차령고개는 넘으셨나요

웅웅 들리는 님의 목소리

다가닥 다가닥 말발굽 소리

첫날을 잊지는 않으셨나요

수정 고드름 따다가 영창에 걸어놓고

눈 내리는 수촌리 언덕에 이렇게 서성이는데

가슴에 품은 옥 반절을 어찌할까요

님이여, 이제는 내게 돌아와

은은한 호롱불 아래 침전에 드시고

내일 태양이 또 떠오르면 푸른 동검 허리에 차고

숙명의 길 다시 떠날지라도, 오시겠지요

처처히 내리는 함박 눈길 헤치며

씩씩한 님, 오인리 어드메쯤

오디세우스처럼 달려오시나요.

어쩔거나

날 저물어 새들은 노래를 멈추고

바람도 지쳐 잦아들면

뒷곁 장독대에 서서 부르는 내 이름

큰항아리*, 종가집 맏며느리

퉁퉁한 엉덩이로 아이도 쑥쑥 낳고

뱃속에 묵은지 꼭꼭 쟁여두었다가

긴 겨울 묵언수행 마치고

진달래 피는 사월 오면 한 포기씩 내보내

지글지글 들기름에 둘둘 둘러

까실까실한 보리밥에 얹어

온 식구 둘러앉아 마당쇠처럼

즐겁게 우걱거리는 소리 들으며

뒷 곁 장독대에 서서 부르는 내 이름

종가집 맏며느리

오늘도 시동생 시누이, 님들이 오시려나

파리며 뉴욕이며 상파울루 사람들까지

아리랑 아리랑, 김치랑 좋아 죽는데

그보다 몇 배 맛난 묵은지 내 안에 사근사근

나도 내가 군침 돌아 참을 수 없으니 어쩔거나.

* 출토된 웅진 백제기의 자기

이를테면

땅거미 내리면 아버지는 언제나

논에 나가 물꼬를 보셨다

물길 막힌 밤이면 마을 사람들

어근버근** 갈라져

들판은 한바탕 난리가 나고

아버지는 어떡하든 밤새 물꼬를 트셨다

아버지 손에 들려있던 낡은 삽 한 자루

그건, 살포鐵鏵*였다

먹지 않고서야 무슨 힘이 있을까

밥은 하늘이고 물은 하늘의 신탁

살포 들고 물꼬 트던 사내는

그러니까 왕이었다

캄캄한 밤 꽉 막힌 물꼬를 트던 왕

살포 들고 물꼬 보러 가던 아버지

아버지는 왕이었다, 이를테면 말이다.

혹시

떠난 사랑 붙들고 있었네요

님은 별로 돌아간 지 오랜데

텅 빈 사랑 붙들고 살았어요

꺾인 이름, 통 꺾어볼 줄 모르는 이름

잊힌 이름만을 붙들고 산 이름

언젠가는 그 이름도 별이 될 수 있나요

빛나는 별들도 꺾쇠*였던 시절 혹시 있었을까요.

*고분 목관의 이음쇠.

III. 관능의 언덕

너끈히

달빛이 쏟아진다

신의 속살을 본다

참을 수 없는 밤夜의 향기

은밀한 춤을 추는 오밤중

언덕은 탄성을 지른다

이런 밤 있어 산다

온몸에다 가시 총총 박고

산 날이나 살아야 할 날이나

박속처럼 하얀 밤

가눌 수 없는 밤 있어 괜찮다

밤꽃 향 진동하는 밤

이런 밤 있어 너끈히, 또 간다.

너울일랑

너울일랑 고샅길 담장 위에 걸쳐두고

수촌리 언덕 은행나무 숲으로 오셔요

숲에는 맛있는 햇살을 준비해둘게요

옳고 그름은 고샅 길가에 걸쳐두고

은행나무 숲으로 오셔요

숲에는 너울 쓴 이 아무도 없어요

나무들도 다들 너울을 벗었으니

부끄러울 것 하나 없어요

왕자도 공주도 여기서는 다 벗었으니

오늘 아니면 언제 오시겠어요

너울일랑 치매처럼 홀러덩 벗어던지고

금빛 추억 쏟아지는 은행나무 숲으로 오셔요

옳고 그름은 일찌감치 벗어놓고 오셔요

마음에 걸릴 거 하나도 없어요

너울일랑 실오라기 하나 걸치지 말고

오늘은 온종일 황홀의 궁전에서 노는 거예요

뒹굴든 끌어안든 그건 맘대로 하시고요.

무슨

하얀 목련이 피거든 언덕으로 오셔요

오시는 날 저는 황금과 옥으로 단장하고

왕자님, 금동관모와 금동신도 준비할게요

최고의 날이 될 거예요

새벽에 오시면 아우로라가 노래를 부르고

한낮에 오시면 뮤즈가 춤을 추고 있을 거예요*

혹시 밤에 오신다면 쏟아지는 별똥별 아래

관조觀照의 축제에 들걸요

한낮이건 한밤중이건 언제든 오시어요

저 너머 호수까지 함께 걸어봐요

목련꽃 흐드러진 구름 꽃 언덕

하얀 목련이 피거든 언덕으로 오셔요

만일 안 오시면

무슨 소용이 있나요

몽상이 눈처럼 날리는 신神의 잔치가,

황금 귀걸이와 홍옥 목걸이가

다 무슨 소용이 있나요

만일 당신이 안 오신다면**.

* Aurora: 새벽의 여신, Muse: 시와 음악의 여신
** 루미의 '봄의 정원으로 오셔요'에서 빌림

아무도

언덕에서 뛰놀던 애기들 똥을 누었대

노란 똥, 이쁜 똥

엉덩이 까고 앉아 졸랑대며 똥을 누었대

오월 어느 날이었다지

왕자는 공주님 손을 잡고

언덕을 오르다가 느닷없이 포옹했대

뽀뽀해! 뽀뽀해!

똥 누던 애기들 일제히 소리 지르고

왕자는 공주님을 껴안고 입을 맞추고

어쩔 줄, 어쩔 줄, 공주 얼굴 노랗게 물들고

똥 누던 애기들 바지 올리는 것도 잊고

몸을 뒤흔들며 춤을 추었다지

한 번 더! 애기들은 연신 외치고 둘이는

어쩔 줄 몰라 비틀거리다 서로 끌어안고는

미끄덩, 그만 노란 똥에 미끄러지고

애기들 깔깔대며 종일 웃어댔대나

대박, 똥에 미끌어지면 운수대통이라는데

오월이면 수촌리 푸른 언덕에 태양은 가득하고

애기똥풀 이토록 샛노랗게 피어나는데

어찌되었을까

뒷이야기 들었다는 이 아무도 없는데.

아직도

눈부신 유방으로부터 하얀 젖이 쏟아지고

들판은 금빛으로 출렁이며

정안천 위로 물안개 풀풀 피어오르는데,

태실에서 요룡 가는 길

술 취한 코스모스들 몸을 못 가누고

들깨 향은 고양이처럼 밭둑을 넘어오는데,

탱탱하게 발기된 대추 알 사이로

풀벌레들은 밤새 천상을 오르내리고

자진모리 풍장소리 동네를 뒤흔드는데,

수촌리 언덕에 아직도 초대받지 못하셨나요.

떠오르는

뮤즈가 침상에서 내려온다

비단 잠옷이 흘러 내린다

젖가슴이 봉긋하다

물안개가 피어오른다

떡갈나무들이 도열을 한다

햇살이 일렁인다

요정들이 춤을 춘다

축제가 시작된다

관념이 줄행랑 친다

실오라기 하나 걸치지 않은 뮤즈

수촌리 호수 위로

황홀이 떠오르는 아침.

알쏭한

당신은 낮달, 나는 분홍낮달맞이꽃

뒤란의 당신, 실루엣만 바라보며

해질녘까지 이쁘게 피어있을게요

장미처럼 당신을 뜨겁게 할 순 없지만

오래오래 피어 있을 게요

종일 살랑이는 것도 가벼움만은 아니에요

그래야만 견딜 수 있거든요

쓰러져도 꽃피우는 건 나뿐이에요

밤 오면 세상은 당신을 온통 우러를 텐데

설마 나를 잊었을라고요

해 지면 마주할 당신 얼굴만을 기리며

뒤란에서 나오실 당신을 온종일 기다리는

나를 설마 모른다 하실까요

여름 지나 풀 어음 소슬한 갈까지

수촌리 윗태실길 39번지 골목에서 오래도록

당신을 기다릴 분홍낮달맞이꽃

알쏭한 내 이름 기억은 하실런지.

얼른요

내 이름은 율마*랍니다

아침에 눈을 뜨면 오늘처럼 날마다

날 어루만져 주셔요

매일매일 깜짝 놀랄 거예요

말은 하지 않으셔도 됩니다

머리칼을 쓰다듬고 살짝 안으셔도 돼요

내겐 은은한 향이 있어요

아침이면 언제나 연푸른 드레스 차림으로

당신을 바라볼 거예요

창가에는 햇볕 한 두름 걸어 두고

식탁에는 오늘처럼 맛난 커피를 내려 둘게요

당신이 잠에서 깨어 내게 다가오면

난 까치발을 하고 지그시 눈을 감은 채

입맞춤할 준비를 하겠어요

연푸른 날 위하여 당신은 날마다

물을 주고, 바람을 막아주고, 벌레를 잡아주고

온갖 불평을 받아주고, 허영을 눈감아주고

때로는 긴 침묵도 기다려주는 당신에게

드리는 선물이에요

나는요, 다음 생은 동검으로 태어나고 싶어요

엉뚱한가요…지금도 동검을 닮은 걸요, 연푸른 동검

그리고 당신은 다시 또 왕자로 태어나셔야 해요

다음 생에서는요, 내가 당신을 지켜드리겠어요

다 잊으셨겠지만 난 잊지 않아요

당신이 날 위해 바친 시간들 말이에요…

보셔요, 창으로 햇살이 밀려오고 있어요

얼른 안아 주셔요, 눈이 부시잖아요, 얼른요.

* 고분에서 출토된 마한 청동검을 꼭 닮은 식물 율마 한 그루를 키우며

오는데

윗 태실 골목 조붓한 고샅길 지나

노을 가득한 언덕 오르시는 동안

홍옥 청옥* 올올이 꿰어 목걸이 만들고

수선화와 술도 준비해 두었어요

잠시 후 또각또각 발걸음 소리 들리고

젖빛 가슴과 치마 끝 외씨버선이 보이면

내 심장은 벌써 쿵쿵거릴 거요

단풍나무 숲을 지나 당신이 올 즈음

부리나케 달려가

새하얀 목에 옥구슬 주렁주렁 걸어주고

두 손에다 입맞춤하리니

나의 사랑 스테파네, 어서 오시오

흐드러진 벚꽃 아래 검은등뻐꾸기 울고

수촌리에 잠 못 드는 밤은 서둘러 오느니.

* 고분 2, 8, 11, 17, 18호에서 쏟아져 나옴

일렁이고

하늘은 푸르른 팡파레

푸드득, 장닭이 홰를 칠 때마다

우렁우렁한 소리

함성의 기旗를 올리고

폭포 같은 햇발 쏟아지자

황토 냄새 진동하는 언덕

나무 밑동이며 등걸이며

언덕배기 토굴마다

일제히 빗장 풀고 나와

발가벗은 채 껴안고 입 맞추고 흔들어대는

벌레들의 축제, 종전 기념일

장마 끝, 작은 것들 살판났구나

상수리나무 아래

언덕은 살아서 일렁이고.

흥건한

어둠이 내리자

일상에 지친 잡목들

서둘러 은신처로 돌아가고

하얀 달빛 아래

가면을 벗고

애무를 기다리는 사내, 갈참나무

잊었던 소리 살아나고

여신의 속곳이 날아오른다

수액이 분출한다

흥건한 봄밤이다.

있으랴

수촌뜰 쌀을 씻어 고슬고슬 고두밥 짓고

물과 누룩 섞어 치대어

자작자작한 술밥 안방 아랫목에

한 열흘 띄워 보글보글 뽀얗게,

윗술은 달솔達率이라

밑술은 은솔銀率이라*

삼베 주머니로 쪼르륵 짜내

연푸른 청자잔青磁盞에** 담뿍 따라

아랑 아랑 부딪는 잔물결 소리

울 안 감꽃은 하얗게 이울고

정안천엔 보름달 두둥실 떠올라

살찬 날 살가운 날 모다 꿈 같으니

오늘 밤은 아리아리 아리랑

이 술 아니고서야 청실 홍실 옷고름

풀어 헤칠 수 있을까

이 술 흠뻑 취하지 않고

밀물 같은 가슴 밀어낼 재간 있으랴.

* 백제 관직 이름들
** 고분 출토, 유약 발라 구운 높이 4.4cm 토기

저벅저벅

수촌리 언덕에 유월이 오면

빛나는 태양 아래 청룡 앞세우고

다가오는 푸른 병사들,

메타세콰이어 근위병 줄지어 오고*

어린왕자 수촌리 언덕 드높이 올라

"오라, 나의 용사들아

나는 곧 왕이오, 나는 곧 마한이오"

푸른 목청 웅혼한 소리

수촌리 언덕에 유월이 오면

메타세콰이어 병사들 줄지어 오고

"왕자님, 청동검은 꼭 왼손에 드셔야 합니다**

오른손으로는 병사들과 일일이 악수를 하소서"

왕자님 잘하셔야 할텐데…

수촌리 언덕에 유월이 오면 저기 벌써

저벅저벅, 메타세콰이어 푸른 병사들의 군화 소리.

* 의당면 청룡리(靑龍里) 메타세콰이어 길
** 왼손에 검을 든 '어린왕자'를 생각함

훌룰룰루

저녁놀 지고 소쩍새 우는 밤

안방에서 주무시던 엄니

조용히 웃방으로 올라가

꽃등을 켰네

물오르는 소리

엄니는 파르르 떨었지

바람이 일었네

훌룰룰루 훌룰룰루

검은등뻐꾸기가 합궁을 알렸지

칠월만 되면 엄니는 유난을 떨었지

"널 낳은 달이 돌아온 겨, 아이구 허리야"

엄니의 꽃방을 열던 모차울의 밤

웃방, 생명의 축제를

어린 내가 어찌 알 수 있었겠나

울 엄니 환한 꽃등을 켜던 밤.

IV. 비빌 언덕

무등의 언덕

높은 언덕만 언덕인가

산山만한 언덕만 언덕인가

모두 다 언덕이니

낮은 언덕도 못난 언덕도

모두 언덕이었으니

여전히 언덕이니

언덕은 언덕으로 이어져

서로 기대고 비비고

언덕은 언덕을 무등* 태우며

무등無等**의 언덕을 꿈꾸는 우리는

언제나 언덕이니

우리는 모두 다 언덕이니.

* 목말
** 평등(平等)

그토록

매일 아침 눈을 뜨기가 무섭게

엄니는 단정히 빗질하고 텃밭을 다녀왔다

그건 일종의 신앙이었다

아욱국 냄새 집안 가득 돌고

호박과 가지나물이 무쳐지고 나면

들에 나간 아버지 헛기침하며 들어오는 일

그건 오뉴월, 오래된 우리 집 아침 풍경이었다

어린 것들은 날마다 고깃국을 꿈꾸었으나

밥상이 문턱을 넘는 순간

푸르른 풀 잔치에 으레 분노하고

"어이 구수해, 바로 이거여"

아버지는 늘 탄성이었는데

어느 날 문득 내가 어른이 되어

한 뙈기 텃밭을 얻어

호미로 호비작거려 노가리로 뿌려놓고

매일 아침 경건한 물을 주어 키운

아욱이며 쑥갖이며 고추와 상추

텃밭 가득 두런거리는 것들

신성한 것들을 뜯어다 밥상에 올리며

이제야 깨닫는다

날마다 엄니가 드나들던 새벽의 안식처

내 몸속 깊이 새겨진 유전자

잃어버린 텃밭 혹은 엄마의 자궁을 찾아서

유월만 되면 나는 몸을 못 가누고

그토록 방황했던 것이구나.

기댈

내 이름 무덤일 땐 묻혀 살았네

내게 절을 하고 가는 이 더러 있었지

내 이름 고분일 땐 늘 고분고분했네

사람들은 날 종일 파헤칠 뿐이었지

어느 날 왕자는 날 언덕이라 불렀네

그날 난 언덕이 되었지

따뜻한 언덕이 된 거지

문득 시인들이 다가오고

어느새 가수들이 모여 노래 부르고

춤꾼들도 몰려와 춤을 추었지

미마지춤 이라던가,

광탈춤 추는 이도 있었네

무성산 홍길동처럼 때론 미쳐야 산다나

지금은 절하는 이 없네

나도 더 이상 고분고분하지 않아

언덕이 된 거지, 맘껏 기대어

노래 부르고 하모니카 불던 유년의 언덕,

왕자는 벌써 알았던 거야

언덕을 찾아, 기댈 언덕을 찾아서

온 동네서 몰려올 사람들.

모차울, 미차울

살가운 하늬바람 일렁이고

대숲을 지나 단풍나무 숲 지나

나지막이 언덕을 오르면

품 안에 폭폭 안기는 마을

이름처럼 촌스러운 수촌리

물이 좋아 수촌리

물이 넘쳐 수촌리

윗 태실 산모롱이 돌아

* 어린 시절 외딴 마을 수촌리(水村里) 미차울(지금의 자연골농원)에서 살았다. 모차울이라고도 했다. 김용운((『천황이 된 백제의 왕자들』, 한얼사, 2010, 140쪽)은 말한다. "수촌리의 고유 한국어는 비류가 처음 나라를 세웠다는 미추홀(彌鄒忽, 지금의 인천)과 일치합니다. '미추'는 일본어 미쓰(水)이고, '홀' 서라벌의 '벌'과 같은 말, 가라어로도 수촌리는 미추혈이다. 미추홀에 있던 비류계 세력이 이곳(수촌리)에 옮겨온 것이 아닐까 생각된다." 신기한 일이다.

양지 바른 외딴집

모차울, 모호하여 이쁜 이름

미차울은 미추홀이었을까.

비빌

소 풀을 뜯기던 유년의 언덕을 본다

소는 언덕에다 온몸을 비비며

하루 한 번 용쓰는 의식을 치렀다

미친 줄 알았는데 실은

가려운 몸 언덕에다 북북 비비며

시원해서 좋아죽는 거였다

소들이 갇힌 감옥을 본다

왕방울 같은 눈 끔먹이며

철창 안에 우두머니 줄지어 서 있는 소들

언덕을 잃어버린 소들을 본다

언덕을 찾아, 비빌 언덕을 찾아

밤마다 잠 못 드는 순한 소들

오월이 오면 마침내 빗장을 열고 나와

들판을 가로질러 마을로

큰길 지나 오솔길 지나

언덕을 오르는 소들을 본다

축축한 곳에 스스로 가두는 일을 멈추고

달아오른 숨결 고르며

푸른 언덕 꽃처럼 오르는 소들을 본다

노을 지고 우묵한 저녁 올 때까지

세상모르고 맛나게 풀 뜯으며

온몸을 실컷 비빌 언덕, 언덕을 본다.

사랑사랑

배가 불러 헛헛한 날은

언덕을 오른다

코로나 입으로나

결핍은 바람처럼 드나들고

외로움은 고독으로

찬란히 허물 벗던 날 아득하고

포만飽滿은 금계국처럼 돌아와

잘록한 허리 흔들어대는 날

정신은 이다지도 여릿여릿한데

대체 내 꽃은 어디쯤 오시는지,

그리워, 그리워, 결핍이 그리워

오늘도 천년 언덕 사랑사랑 오른다.

심했네

새똥을 치우며 "이런 촉새들"

닭똥을 치우며 "이런 닭대가리들"

개똥을 치우며 "이런 개시키들"

달아나며 대들며

"짹짹짹, 여기 원래 우리 놀이터인데"

"꼬꼬댁, 여기 원래 우리 집인데"

"앙앙앙, 여기 원래 우리 마당인데"

나는 핏대를 올린다

"우씨씨, 여기가 무슨 우크라이나냐,

내가 그럼 푸틴이냐"

날이 저문다

오늘도 별일 없었다

밤마다 백기를 드는 까닭이다

"미안, 굴러온 돌이 심했네."

수촌리 아리랑

아리랑 아리랑 아라리요

아리랑 고개로 넘어간다

삼월 산수유 낭군의 얼굴

사월의 목련꽃 낭자 얼굴

아리랑 아리랑 아라리요

아리랑 고개로 넘어간다

천태산 마루에 청룡이 날아

정안천 지나서 금강으로

아리랑 아리랑 아라리요

아리랑 고개로 넘어간다

수촌리 언덕에 태양은 빛나고

금동관 금빛도 찬란하다

아리랑 아리랑 아라리요

아리랑 고개로 넘어간다

용머리 산 위에 노을이 지면

율정성 재 너머 님이 오리

아리랑 아리랑 아라리요

아리랑 고개로 넘어간다

청동검 서슬은 마한의 정신

빛나는 옥 반절 백제의 사랑

아리랑 아리랑 아라리요

아리랑 고개로 넘어간다

저기 저 산은 사마산이라지

눈앞엔 무성산 홍길동이라

아리랑 아리랑 아라리요

아리랑 고개로 넘어간다.

수촌리 정읍사

달아 노피곰 도다샤

고실고실 풋풋한 사랑이여

어귀야 머리곰 비춰오시라

사랑한 것은 젊음만이 아니오

미소만도 아니오

눈물도 상처도 슳어않고*

갈대도 바람도 사랑이여

대낮만이 아니오

한밤중도 사랑이여

어긔야 어강됴리

시절은 서슬 같으나

사랑은 대롱옥처럼,

오늘 밤은 달아 노피곰 도다샤

어긔야 머리곰 비취오시라

아으 다롱디리, 사랑아, 내 사랑아.

아으다롱다리*

오늘 아침에도 잠을 일찍 깼어요

당신을 건네주는 일은 늘 설레는 일

날마다 당신을 볼 수 있어 얼마나 좋은지

멀리 발걸음 소리 들리면 벌써 콩닥콩닥

나를 지나 언덕을 오르시면, 아으다롱다리

저도 덩달아 푸른 언덕을 오르고

언덕 넘어 떡갈나무 수풀 헤치고

수촌리 호수에 다다르실 즈음 내 안에는 벌써

맑은 물이 넘실넘실, 오늘 되게 운 좋은 날이에요

저를 건너면 산수유 노랗게 손을 흔들고

고라니가 정신없이 촐랑대죠

언덕 위로는 태양이 쏟아지고

싸리꽃 눈시리도록 춤을 출 텐데

나나 당신이나 수지맞은 날이죠

사뿐이 즈려밟고 가셔요

내려올 땐 내려온다고 톡 주시고

옷에 붙은 검불이나 툭툭 털고 오셔요

아무튼 기다릴게요, 아으다롱다리.

* 고분군 후문 초입 작은 다리. '정읍사'의 '아으다롱디리'를 변용함

안단테

은행잎 풀풀 날리고 언덕은 춤을 추는데

웅진성 마차는 타셨는지요

금강 건너 청룡 지나 딱 시오리

도착하면 손 한번 흔들어주셔요

수촌리 사람들 모두 나가 맞이할게요

설마 잊진 않으셨겠죠

대관식 있는 날이잖아요

서두르실 건 없어요

점심 자시고 찬찬히 오셔요

왕자님이시잖아요

요룡리 못미처 수촌초등학교 있고

바로 뒤편 언덕 아래 동네 사람들

몇 시간이건 기다릴게요

찬찬히 오셔요

은행잎 풀풀 날리고 언덕은 춤을 추는데

웅진성 마차는 타셨겠지요

안단테, 안단테, 찬찬히 오셔요.

어쩌나

아카시아, 그 이름 그대로 남아

나는 언덕을 지키려네

고독도 길들이면 친구라는데

가시도 그냥 달고 살려네

이거 떼면 유월 밤이 두려우이,

고독도 길들이면 친구라잖나

이팝이여, 마음 잘 지키고 돌아오게

태양 가득한 아스팔트 갓길에 서서

온몸을 하얗게 흔들면

세상은 자넬 무진 좋아할 거야

사모님들 달달 달아오를 걸세

잘 가게, 언덕은 내가 지키겠네

자네가 가시 떼고 향기를 버렸다고

비난하는 건 아니니 걱정은 말게

가시 없이 세상 편견을 바꾼다면야…

유월은 아직도 먼데 자넨 벌써 거기서

온몸을 하얗게 흔들고 나는 예 언덕에 남아

꿀 향 진동하는 밤

내 이름 아카시아, 하얗게 부르노니

언젠가 나도 가려나, 자네가 돌아오려나

후회 같은 건 하지 않기로 하세

어쩌나, 지금 여기 나는 내가 이리 좋으니.

없었다

어머니는 아궁이에 불을 지핀다

부뚜막 위 고양이 두 눈이 잉글거리고

무쇠솥은 푸푸푸 보리쌀을 삶는 시간

외딴집 싸리문 너머로 노을 번지면

저 멀리 잘그렁 잘그렁 워낭소리

아버지는 산더미 같은 꼴 지게에 지고

늙은 소 앞세우고 돌아오신다

"사람은 배 곯아두 소는 굶기지 말어야지

애들은 밥 먹었남"

이내, 볏짚과 시래기와 쌀겨 넣어 쇠죽 쑤는 아버지

"마누라보다 소가 먼저인 양반…

어이 들어와 진지나 드시우"

궁시렁 궁시렁, 고봉밥과 아욱국 밥상 들이고

부엌으로 종종걸음 옮기는 어머니

안채, 사랑채 굴뚝에 흰 연기 피어오르고

자식 일곱, 감나무에 걸린 개밥바라기까지

우리 집 저녁은 하루도 가난한 적 없었다.

헤살헤살

오늘 밤 별이 빛나지 않는 건

사랑하지 못하는 까닭이니

사랑한다고 말이라도 한다면

혼잣말이라도 한다면

별들은 깜짝 놀라 빛나리라

사랑한다고 큰 소리로 말한다면

별들은 노래를 부르리라

합창을 하리라

만일 사랑을 찾지 못했다면

별들에게 물어보라

그러면 말하리라

"저요, 저요, 저요"

어떻게 사랑해야 할지 모른다면

오늘 밤 별들에게 물어보라

별들은 지체없이 말하리라

오늘 밤 우리 함께 취해요

같이 흔들리는 거예요

사랑에 금세 빠질 걸요

만일 실컷 취하고도 사랑할 수 없다면

엉엉 울어버릴 일

때로 별들도 우는 밤 있으니

밤새 두 눈 퉁퉁 붓도록 울고 나면

금빛으로 빛나는 아침

푸른 언덕, 헤살헤살 웃으며 안기리니.

오, 나의

장닭이 홰를 치며 나팔을 불고

고양이는 눈을 비비며 나오고

나무들은 일제히 기지개를 펴고

언덕 위 고분들도 부시시 일어나

에스프리를 흔들어 깨우며

잃어버린 나를 찾아서

오 솔레미유, 오 솔레미유

한성을 부르는 시간

오, 나의 태양을 부르는 아침.

수촌리 언덕

다섯 번째 시집 『수촌리 언덕』을 내놓는다. 이번 작품집은 역사의 신비를 간직한 수촌리 고분古墳 언덕에서 얻은 '수촌리 팡세Pensée' 다.

올해가 마한으로부터 웅진 백제기까지의 유적인 수촌리 고분군 발굴 20 주년이다. 금동관을 비롯한 '왕' 의 유물들이 쏟아졌다. 무엇보다 세상의 눈길을 끈 것은 역시 대롱옥 부절符節이다. 그것은 천년의 사랑이다. 나는 일찍이 수촌리 사랑에 빠졌다.

이번 작품집은 말하자면 어린왕자의 이야기이다. 수촌리 언덕에서 노을을 바라보던 왕자, 사랑하던 장미 한 송이를 찾아 별로 돌아간 왕자, 고분에서 발굴된 금동관의 주인공 이야기이다. 사실 나에게는 오랜 시간 『어린왕자 *Le Prince Prince*』에 천착

하면서도 풀리지 않는 의문의 장면이 하나 있었다. 바로 왼손에 검을 든 어린왕자의 모습이다. 생텍쥐페리는 "이 그림은 나중에 내가 그를 모델로 그린 것 중에서 가장 잘 그린 초상화다."라고 했는데, 나는 수촌리 언덕에서 그 답도 얻었다. 고분 언덕은 사랑과 정의의 이야기를 가득 담고 있었다. 천 오백 년 이상의 역사를 이어온 수촌리, 웅진백제의 뿌리…

나는 수촌리 언덕에 돌아온 어린왕자를 날마다 만났다. 어느 날은 내가 어린왕자가 되기도 했다. 왕자는 내년 봄, 언덕에 애기똥풀 노랗게 필 때쯤 다시 올 것이다. 고고학자들은 이런 말을 절대 이해하지 못하겠지만.

『수촌리 언덕』을 바친다. 천년 그 훨씬 이전부터 지금까지 수촌리에 왔다가 숱한 시詩를 뿌리고 별로 돌아간 사람들, 지금 나의 고향 수촌리 사람들, 기댈 언덕과 비빌 언덕을 찾는 세상의 많은 '어린왕자'들, 그리고 세상에 단 한 송이 나의 장미 현실에게.